U0134558

我‧由我定義

方鎶澈 Jathy　著／

序

"

感恩上天給我的

經歷

序

人生，決定自己的未來

一直以來，都有朋友希望我能多分享自己的人生觀、道出自己的經歷，今年又正值 BEAUSKIN Medical 十周年，我便萌生要寫這部書作為紀念的想法。

最初我會考慮，到底人們想讀到什麼？我的感情生活？名人逸事？創業實錄？

但寫著寫著，我發現我是在回顧自己的人生。從小到大面對過的一切，遇上的每個人，都成就著今天的我。許多經歷，在身處其中時，我有過眼淚，有過憤怒，有過百般的情緒，但今日重溫，都是人生中一些已過的風雨。錯的人、錯的事，過去了就是過去了，雖曾影響到我，但今天看來都只是經歷。

艱辛大概是人人都有的，但艱辛過後怎樣自處，怎樣留著勇氣，保持真我，繼續向前，尋找幸福的甘甜，才是我最希望說的。

人生不是只有一個起點，有需要時要懂得轉換跑道，果斷地為自己下決定，離開也好，堅持也好，但前提是，要保持健康的身心，積累可以選擇的力量。

對人生，我曾有許多想法，許多追求，後來會覺得，求的不過是心安。做生意時務實，對員工、客人負責，自然心安理得。與人相處時付出真心，即使最後給辜負，仍然心安。

愛情路上心安最難，開展關係時，太多緊張與顧慮，患得患失。但在寫書的過程中，我遇上一個人，他讓我的心安定下來，並能再次鼓起勇氣，與人開展新生活。我才發現，原來有些心安不用追求，只要是對的人出現了，您就會知道。

未來怎樣我不知道，但當下的選擇決定了我們的未來。願大家都可掌握自己的人生，決定自己的未來。

Jathy

目錄

第一章

"

有風有雨才是

人生

第一章

1.1 有些人的出現，是要提醒您
不要成為那種人

每個人都有自己的經歷，有時我們想努力忘記不快樂的過去，是因為害怕憶起當時的痛苦，然而事實是，唯有正視痛苦，痛苦才不會變成您的絆腳石，您才能成為一個內心強大的人。

而我的故事，或許應該由一個不一樣的母親說起。

爸爸是個勤力工作的人，每天晨早便要外出，在早上只能用僅餘的時間跟我聊幾句，深夜我睡了後才歸家，只在假期才容易跟他多說話，所以我從小就喜歡黏著媽媽。可是，媽媽當時實在太年輕了，對於十幾歲的她而言，照顧家庭可能是個要逃避的沉重包袱吧？一般的母親會全心全意地照顧孩子，照料家人，但她不一樣，她也有自己的生活，可能她只想繼續過還未結婚生孩子前的生活，我稍微懂事便要開始學習照顧自己。

不管處境如何，
人總要好好生活。

那時我們住在皇后大道西區警署附近的唐樓，我每天都要獨自走到般咸道的聖嘉勒學校。背著書包小心翼翼地穿越馬路和人群，孤單地走長長的斜路，就是我的學校回憶。這段斜路現在走起來彷彿不太遙遠，但當時或許是因為我那雙幼小的腿步幅太小，又或是我忙於羨慕著有家長接送，與母親說說笑笑、分享生活的同學，這段路就像是無比的漫長。

放學後，我還要自己準備吃的。幸運時媽媽會在冰箱留下食材，只需簡單烹調一下就可以；但如果那天她不知跑到哪裏了，我就得自己爬六層樓梯到樓下買菜再回來煮飯。大概是從四歲開始，我就已學會做飯煮菜，用刀時不小心切到手指的痛至今偶爾還會想起。

至於學業，倒也沒什麼問題。每天晚上，我便會好好完成自己的功課，老師還未教的課文我也會提早預習，考試時我會提早起床溫習。雖然沒人提醒，但我早就發現，只要加倍的努力並做好充分的預備就能有最好表現。

母親對我的學業也有一些鼓勵，那就是每當我有想要的東西，我就會向媽媽提出承諾，只要成績達標，她就會送給我。所以我從小就覺得，人要有付出，才應該得到收穫。

這段聽來充滿挑戰的童年，當時的我除了孤獨感外也沒太大感受，或許是想到，不管處境如何，人總要好好生活。回過頭看，沒有媽媽從旁指導，倒令我明白必須學會獨自解決問題。家裏缺了什麼要去買，菜餚調味料不足可怎樣彌補，每天我都在生活中學習，學得比許多同齡的小孩要好。儘管看來是被逼提早長大了，但今日看來這是很寶貴的磨練，令我個性更刻苦。

大約在小學三年級時，我們搬到筲箕灣的公共屋邨。在日常生活中，除了照顧自己，我還需要開始照顧弟弟。每天早上起床梳洗做早餐後，便拉扯著弟弟起床然後一起上學，放學後一起回家並為自己和弟弟做飯，高小的三年就是

這樣過去。可能在別人眼中會覺得我很辛苦吧，但
當時的我倒沒想太多，只要做出來的菜，讓弟弟吃了
露出笑臉、說姐姐好厲害，我就會感到高興。從那時
起我就發現，原來快樂不僅來自自己，還來自於身邊
疼愛的人，

只要身邊的人快樂，我便會加倍快樂。

回想起來，那時候也有一些快樂回憶的，父親努力工作，
讓家中經濟不至於匱乏。我們住的公屋裝修得漂漂亮亮，
讓鄰居十分羨慕。我和弟弟會在家中貼上自己的「大作」，
也會擺放一家樂也融融的家庭照片。長假期時，父母也會
帶我們到外地旅遊，去過日本、泰國等地，讓我和弟弟在
童年已對世界有所認識，還製造了不少歡樂的回憶。那時候，
我總以為媽媽某天會修心養性，平日多點在家跟我們相聚。

我和弟弟會在家中貼上自己的「大作」，
也會擺放一家樂也融融的家庭照。

可惜事與願違，媽媽還是跟以前一樣喜歡到處走，有時甚至還會因高興或不知什麼原因把我也帶到她去玩的地方。有一次印象特別深刻，她把我帶到酒吧去了，看著她與朋友不斷抽煙喝酒，我不知自己可做什麼，無聊得很，眼見面前有一個冰桶，便打算伸手拿點冰去玩，怎料手一放下，桶內竟然是嘔吐物！我看著自己的手，感到噁心極了，我跟自己說，我絕對不會過這種生活。直到今天，我都從未抽過煙，也沒有飲酒的嗜好，相信與小時候的這些經歷有關。

這些經歷令我很早就想到，我要脫離這種生活，我希望生活得優雅漂亮，我要有自己的想法和追求，做個負責任的人，不僅是對自己，還要對身邊的人負責。到有子女時，要做孩子的榜樣，讓他們知道人要自愛，可以勇敢追求自己的夢想。我將近成年時，媽媽終於正式離開我們的家了，她還帶走全家的積蓄。她想只帶一個孩子離開，當時她讓我選擇，只要我跟著她，就可到英國唸書，這條件對當時的我是十分吸引的。可是，我想到爸爸，他多年來忍受著母親，希望

她會懂得「回家」，結果換來的是失去一切，想到爸爸那份
心情，我便不忍心離開。我也想到了弟弟，如他能有更好的
經濟條件，會更有前途。最後我放棄了跟媽媽離開，讓弟弟
跟媽媽離開了家。

媽媽與弟弟走後，家裏只剩下我和爸爸。他成了個洩氣的氣球，失去了生活的動力，工作以外回到家中，就與酒為伴，傷心難過。看著家裏處處的回憶，洋溢著歡笑的旅行照片，令我想起許多生活片段，令我很想念弟弟。到了夜裏，我還會發惡夢，夢裏我們一家在旅遊時遇上交通意外，在馬路的兩邊各自垂死掙扎，即使我想爬到家人的身邊，都痛苦得無法做到。

我不想再睹物思人了，有一天，我跟自己說我要開始肩負起養育父親的責任，令他和我都有更快樂的生活。我要離開這地方，找工作，展開我的新生活。臨走前，爸爸跟我說：「在公司入面不論任何職位的人叫您做任何事，

您都只可 SAY YES，不可 SAY NO，

機會就會慢慢找上您。」

人生所有的機會
都是在您全力以赴的
路上遇到的

1.2 真正改變命運的，
是您的態度

那年，我十八歲

便開始步出社會。第一份找到的工作是兼職夜班市場研究調查員，每晚六點在灣仔新鴻基中心的市場調查公司上班。在確定了工作、簽好合約後，我便收拾行裝，帶著兩個紅白藍袋與枕頭，展開我的新生活。

我帶著行裝搭巴士，從筲箕灣搭 2A 號巴士，在公司所在的灣仔碼頭總站之前一個站落車，也就是現在的「三不賣」那附近尋找居所。還記得我在橫街看到一家小小的地產公司，門外貼著很多招租啟示，在我視線水平就看到一則：「套房，月租二千八百元」，這似乎很適合自己，但我身上只有一千多元，該怎麼辦呢？

我想好了解決方法，跟自己說，事情會順利的，便在門外放下行李，鼓起勇氣走進地產公司。我拿出受聘的合約，跟裏面的姨姨說，我很想租外面寫著的套房，但是現在身上只有一千幾百元，我可以先給一千元做水電按金，到月底發薪的時候，就會補回剩餘的部份。她聽完後，看了一下聘書，輕輕跟我說了句，您先看看房間合不合適吧，後來發現原來她就是包租婆！那時候，只要有一個容身之所，我已感激不盡了，自然不會不合適。我至今還記得，地產公司那位短髮的中年太太叢太，她給予我的這份信任和幫助，令剛出來社會的我對未來更有信心；也令我確信，只要有勇氣、給予別人信心，人生也會更順利。

在接下來的一個月，我就靠著那幾百元生活。房間裏沒有傢俬，電器可不開的就不開，那時天氣暑熱，我連風扇也不敢開，怕要交電費，每天汗流浹背就當作是做運動。兩塊錢的公仔麵是最便宜的了，即使我有電鍋但總不能每天吃，我便改成每天只吃一餐，捱著餓直至受不了才去吃「十蚊麵」，

我常選的是墨丸米多蔥，因為多蔥能給身體帶來纖維，會較健康，也更易吃得飽。我由十八歲開始，已是在鍛煉自己的意志，我想，刻苦一點，熬著熬著人就會變強，而在難捱的日子，我們也要懂得取捨，為自己的健康負責。

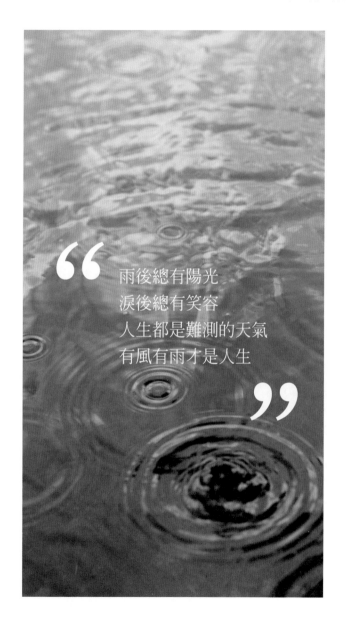

> 雨後總有陽光
> 淚後總有笑容
> 人生都是難測的天氣
> 有風有雨才是人生

在市場調查公司的工作
對我來說是得心應手的，
可能跟我喜歡與人溝通有
關吧。我們要根據電腦系
統打出的電話接觸受訪
者，每份問卷需時 30 - 45
分鐘，少人做得到的問卷
薪酬就會高，完成問卷酬
勞的多寡與難易度成比
例，那時候，其他人難以
完成的問卷我往往都能做
到。最初夜班工作的時薪
是廿五元，加上每份完成
問卷數十以至上百元的酬
金，收入已是足夠生活有
餘了。工作不久，他們或
許是見我成績不俗，便請
我由夜班轉成全職員工，
但我沒放棄晚間的兼職，

我的努力讓我每月收入超過兩萬元，有時甚至有三萬元，比不少同齡的朋友好了。可是，工作近一年後，我就開始覺得怪怪的：這份工作好像重複又重複，難以學習到新的技能。我問自己，這是一份長久的工作嗎？不是，因為這份工作再不能令我有所進益，我希望有一技之長，我也相信，

人生要不斷學習不斷進步才有意義。

於是我辭職了，並找了另一份初級秘書的工作，那是位於中環的設計公司。初級秘書就是協助老闆的左右手處理各類事務，影印文件，聯絡裝修工人，安排各類工作等，都是我的工作範圍。這工作是新的嘗試，也有學習到比我想像中多東西，影印時我會不自覺看看那些圖則，學習設計方面的知識，在安排工作時，也會有意識地想到可怎樣安排得更好更有效率。

"

真正改變命運的
不是您的機遇
而是您的態度

"

至於和人溝通方面，早前電話訪問員的工作已令我駕輕就熟，所以問題不大。可是，就在我入職後不久，更新更大的挑戰又來了：原任的高級秘書被老闆辭退了，我要立刻接手她的工作。當時正值公司要搬遷，我除了要做原來的工作，還要擔起安排公司搬遷各項工作的重任，當時才近二十歲的我，因為牢記父親「SAY YES」的教誨，沒有拒絕或推搪說怕自己能力不足什麼的，反而是積極尋找方法解決各項問題，我更要求自己盡量事事親力親為，認為這樣才能把事情做好，工人動工我都會親自到場檢查，電腦硬件設備、拉線也看清看楚，同事的座位安排，公司的檔案庫整理，我都有條不紊地完成。可能是因為這種積極的態度，在搬遷後老闆更為信任我，我也因為這經歷，得到相關的人脈與經驗，有助往後成立自己的公司。

但正如之前所說，一份工作總不能滿足我渴望學習的心，因此我之後也陸陸續續地換了不同類型的工作，當中有著不同的原因和機遇：為了實現兒時從事醫療行業的夢想，我去了做牙醫助護；協助朋友開設財務策劃公司；也做過國際性的船務公司、展覽公司、建築師樓等，期間甚至開展了我第一次的創業。

在零八零九年間，我當時就運用過去數年工作的知識，與朋友開創了我的第一間公司──市場調查公司。當時公司的最大合作客戶是保險公司，我們通過電話調查訪問，問及醫療保險的意見，找出潛在的客戶，並通過送出超市禮券等方法，讓保險經紀進一步接觸受訪者。直至現在他們也有用這種方法銷售，不過已演變成網上的問卷。我負責設計問卷，並培訓同事以「正面方式」帶動客人進行問卷，以提高完成問卷的機會。

那兩年正值金融風暴，反而對於我公司的需求大增，對我們的工作影響不大，也真的可以賺到不少金錢。可是，那兩年生活著實是太充滿挑戰，我堅持著親力親為，每天都處理

公司事務，也要應付越來越多的保險經紀。那時我跟自己說：
我不想生活只有工作，我希望工作與生活是平衡的，亦想見
識更多公司的管理風格。所以我再次回到職場，做各種不同
行業的工作。

創立 BEAUSKIN Medical 前的最後一份工作，可說是讓我
獲益良多。我在一家位於九龍灣的上市公司任職公關部，
專責集團董事長一切對外的事宜。集團業務多元化，包括
地產、金融、服務零售及出口貿易等，我當時負責董事長
對外活動安排，所以也會出席各類會議、晚會、社團活動、
慈善及商業活動等，也因工作需要常常接觸到不同的社會
賢達、成功的政經界人士、專業人士等，常可以近距離聽
他們分享經商之道，從中學習成功之道。我也在不知不覺間
接收到一個資訊：就是當時他們會提及「起動東九龍」，政府
在 2011-2012 年施政報告提出，把九龍東轉型成為富吸引力
的核心商業區，使香港經濟持續發展，計劃展開後，會有更
多甲級寫字樓落成，更會有郵輪碼頭啟用。這與 BEAUSKIN
Medical 業務基地設於九龍灣大有關係。

1.3 一時幸福是運氣，
　　一生幸福是努力

26 歲那年，我結婚了，

對象是一位醫生。那時他的診所在大角咀，我跟當時的丈夫說，希望能在其他地區開設自己的診所。他起初是反對的，但我跟他說只要診所開了，他抽點時間協助，那我就可以支持自己及孩子的生活開支，結果他答應了，但他與家人都希望選址長沙灣廣場。可是我熟悉九龍灣並相信當中前景，堅持應在九龍灣開設，結果當時的丈夫和他的家人都不予財政支持，我當時除了要變賣工作時買下的金粒，動用自己的積蓄，也要向母親借錢才開設了這間診所。當然，這筆錢我很快就還給母親了。

母親也提議讓當時在醫療儀器公司工作的弟弟來協助我開診所，及後我亦安排他到大角咀診所實習，讓他熟悉診所的運作，為九龍灣的診所做準備。所以在 2013 年 2 月，弟弟和他的女朋友就去了大角咀診所實習，了解營運的方法，後來他們在我開展事業時有很大的幫助。

九龍灣開設診所時，我動用了過往的工作人脈和經驗，由電訊設備、制服、名片、文具需要等，我都一手一腳解決。我還決定了裝修風格，要現代化及富美感，與一般醫療中心不同，吸引病人眼光，留下好印象。當時我懷孕了，仍事事親力親為，就連懷孕期間都是自己清潔診所。還記得有一天我更「斷片」了，早上洗澡後有點暈眩便去睡，醒來已是晚

上了，但弟弟跟我說，那天我有在診所工作，期間卻像神志不清，答非所問，像連自己懷孕了都不知道。直到今天，我仍不清楚當時是怎麼回事，只當作是艱辛經歷中的一段小插曲。

診所在 2013 年 4 月開幕，那天我的家人及朋友都有出席道賀。開業後，不少病人見到我和弟弟，都會誇我們漂亮，還會感到好奇，尤其是想知道我有身孕如何能保持身形及皮膚，他們更會主動問我診所是否有提供醫學美容服務。那時我就想，反正診所和醫護人員已有，欠的就只是醫療儀器，就作了個大膽的決定：購買醫療儀器展開醫學美容事業。當時的丈夫並不太贊成，認為當時客戶除了本地客人，也有內地客及保險客生意已很足夠，多一事不如少一事吧；但我不贊同這種想法，我想到的是長遠的未來，如果只是打疫苗，客人是不會回頭的，只有將醫學美容服務做得好，才是長久的關係。而且我希望幫到更多的人，盼望客人除了來看病，也可以在診所得到有質素保證又價格相宜的醫學美容服務，便堅持要購入醫學美容儀器。

我一直都愛美，會去各式美容院購買各類療程，嘗試各類新儀器，所以一直都能掌握醫學美容的最新發展，而弟弟也曾在醫療儀器行業工作，能給予很多有用的資訊。我對醫美儀器的要求很簡單：一定要自己試用過，最好的才讓客人使用。當時買的第一部醫美儀器，是斯洛文尼亞的品牌，是在比較不同品牌、試用後所下的決定，便宜的彩光機或許只需三四萬元，不但療效無保障，效果亦不理想。

當時，我剛生完孩子不久，面上的暗瘡油脂粒很多，在試用這台歐洲醫美儀器後，發現皮膚情況隔天已經得到明顯改善，雖然這台儀器要過半百萬元，我在計算過後相信有能力負擔這筆費用，便由診所的一間小房間開始開展我的醫學美容事業。我還親自學習有關儀器的操作，通過了原廠專業培訓，成為當時診所內唯一獲原廠頒發專業培訓證書的操作員，並向診所內所有人教授儀器操作。

幸運地，我得到了大家的信任，經口耳相傳後，客人也越來越多，一間房間已不敷應用了，碰巧診所旁邊的五金店業主售出單位了，我便立刻與新業主聯絡，提出要租用她的單位，正式開設醫學美容公司。我為公司命名為 BEAUSKIN Medical。這名字其實與我的經歷很有關係，記得十九歲時，

我第一次去中環國際金融中心 IFC 的美甲店 Beaunail，IFC
和 Beaunail 同樣給我深刻的印象，便由此想到 BEAUSKIN
Medical。而對於店的要求，我也想像 IFC 一樣環境有芬芳的
氣味，裝修造工用料也要高級細緻。

第一間 BEAUSKIN Medical 是地鋪，有四個房間，到後來，
我們搬到德福大廈三樓，因為能有更大的空間，給客人更好
的服務，我一絲不苟地挑選店鋪中的各項設備，地磚要用上
意大利的，醫生床也是得過紅點設計獎的，即使到來的客人
未必每個都知道當中的差別，我也要給他們最優質的，讓他
們感到最舒服的。不過這些成本並不會轉嫁到顧客身上，直
到今時今日，我們仍是堅持以合理價格將醫學美容普及化，
讓更多人擁有變美的機會。這也是我開店的初心。

有時人們會問我，開店真的很難，不知從何處入手，重要的其實是從前經驗的累積和您真心去理解客戶的需要。我是個對自己很有要求的人，有很多去美容院的經驗，當中最怕人硬銷，所以一開始便定下了「絕不硬銷」的經營方針。開店初期的宣傳方法，也是靠平時自己的經驗，從郵寄宣傳單張、建立網站、面書，請兼職設計師設計海報並在面書賣廣告，到找信用卡做合作推廣等，都是早已儲存在腦海裏的資料，所以即使表面看來是很幸運地順利累積客戶，靠的都是平日的累積。

有危必有機

事業的發展是會有很多機遇的，但都要靠自己的努力和勇氣
去把握，也要去聆聽客戶的想法。從最初只做美容，到發現
客人有脫毛的需要，我便購入了脫毛儀器，再租用同大廈的
十六樓開設脫毛及止汗中心。

後來有些做空中服務員的
客人，問我們會否到國泰
航空做展銷，最初我們的
信心也不算太夠，到後來
真的去做展銷了，就開始
相信，自己也可以有更大
的發展。我在參觀展銷場
地後回家的途中，便決定
了要在港島開分店，並很
快就到世貿中心看單位並
租下。租金當然並不便
宜，當時算是一個大膽的
決定，但沒有勇氣踏出這
一步，公司的發展相信會
大為不同。

難過關關過

偶發的靈感也能影響著未來，記得最初讓大家認識到我們品牌的，是「一折慈善脫毛」活動，那是我偶發的靈感，我想把事業和我喜歡的慈善活動連結在一起，更希望可以幫助我喜歡的小動物。在有這個想法之後，就要實踐，我立刻找同事商量，大家都很支持並積極尋找合作機構，一切都推行得很順利，最初也以為自己推廣一個慈善活動而已。

到後來我忽然想到，如果能在紅磡海底隧道口放廣告牌就好了。我親自致電戶外廣告公司，想不到很快就得到回應，原因是他們的員工都知道我們的品牌，當時他們對我們的一折慈善脫毛很感興趣，一談之下就特別投緣，我也因此在紅隧出口放上自己的廣告牌。在一開始時，我們不會知道事情之間的因果關係，但只要努力去做，幸福與幸運就會到來，我們不能坐著等待時機，要主動出擊，為自己創造未來的緣份與機會。

直到今天，身邊不少員工都是開業工作至今的老臣子，也有不少客戶成爲了朋友，很慶幸有大家的支持和信任，公司一直在成長。今年是 BEAUSKIN Medical 開業十周年，經歷了新冠疫情，依然能站穩腳步，當中需要的是努力，而不是單純的運氣，感激多年以來相伴在旁的大家。

"

能力都是逼出來的，
這個世界沒有誰天生優秀，
都是靠自己不斷努力，不斷堅持的結果。
您看到別人表面很輝煌，
卻看不到別人背後很煎熬。
您看到的是別人活得很容易，
卻不知道他曾經經歷了多少苦難。
您覺得別人很幸福，
可是它背後的辛酸誰能懂，
誰也沒有必要去羨慕誰。
您要相信您其實不比別人差，
只要逼自己一把，發點狠，爭點氣，
您一樣可以活出屬於自己的精彩。
您也可以創造出屬於自己的輝煌。
努力 才是人生態度
實力 才是您的尊嚴

"

第二章

"

不要將就的愛情

第二章

2.1 離開才是
正確的選擇

許多人會對我的愛情經歷好奇，覺得我像是很可以
掌控自己的生活，其實我只是個平凡人，跟大家一
樣有盲目的時候，有鹵莽的時候，一樣會從跌跌撞
撞中學習，就只希望能找到一個
最適合自己的人。

第一段婚姻我承認是一時衝動與固執造成的。那刻的我，非常執著，執著源於想離開當時的生活。那兩年母親說要跟我和好，還邀請我回去跟她和弟弟一起生活。我真的很愛弟弟，想彌補跟他分開後無法相處的歲月；也對那個我小時候就喜歡黏著的媽媽有種情意結，就輕率地答應了。可是我回去後，媽媽竟然要我睡在大廳的地上。我以為那只是她未整理好房間，怎料過了多天，都沒有見到任何改變。每天上班工作已十分疲憊，回「家」後有時還要被母親無理責罵，令我感到沮喪，可是我知道母親是愛我的，或許她是不懂得表達。正當我處於想走與不想離開的夾縫時，當時的醫生男友向我求婚

" 有時候勇敢離開
才是正確的選擇
撐一把破舊的傘
不如淋雨 "

了，我便立即答應，心想這是上天替我選擇了離開這個「家」；而那刻我也想到快踏入老年的爸爸，我想像著，如果他能有個孫兒，每天帶著慈祥的笑容逗逗孩子，會有多幸福呀！

可是，我的家人認為我這婚是結得太倉卒，完全不予支持，當時的上司（也就是我現在的乾媽）也很反對，還跟我說，我工作上那麼多追求者，當中不乏實業家、富二代、專業人士，我明明可以有更好的選擇，怎麼偏要選這一個。可是，我是公私分明的人，跟老闆出席公開場合時只會專注工作，所以並沒有考慮接受他們追求。結婚簽字儀式十分簡單，就在當時的丈夫家樓下的會所進行，父母和弟弟，就連一個親人都沒有出席，只有我的上司和好朋友到場見證，因為她們覺得女家一個代表都沒有會被男家看輕。為我簽結婚證書的是當時丈夫的爸爸，簽字那刻我很想哭，不是因為感動，而是真的傷心，除了由於家人不支持，還因為我在結婚前一晚，不小心聽到男方家人的對話，說我是覬覦丈夫的財富才結婚，但事實是丈夫當時的經濟狀況根本沒有外人以為的那麼好，而我當時的經濟狀況足以支持我們的生活。可是，我還是有個執念，我相信自己所選的是一個對的人，他當時經濟情況不理想只是一時運氣差。

可是，不久我就發現，有句老話非常正確：「因誤會而結合」。我在結婚之前或許是有太多的憧憬與幻想，結果當時目睹的現實給我頗大的衝擊。婚後不久，我就如我所望的懷上小孩了，但丈夫對我也不算太關心，我以為那只是男人的粗心大意，但某天我卻發現原來他其實很會關心他人，可是懷孕的我卻沒有收到半分類似的關心。那刻我已暗自對自己說，我不可能一輩子跟這個人在一起。

結婚後出現的問題更多，除了生活上的爭拗，我也會感到丈夫有點脾氣，不知道是不是與財政有關，因為從前某些原因以致當時丈夫的財政權落在他母親手上。後來與他和他的家人一起生活，當時的丈夫常跟我說，他的母親投訴我太揮霍，即使購買一個髮夾都被批評為亂花錢，結果我買了新衣服都要先收在朋友處，之後才取回免得被家姑責備。那時我懷有身孕不久，但我還是想方法解決問題：我要開設自己的診所，養活自己及孩子。

我當時便向當時的丈夫提出，在九龍灣開設診所，只要他抽空過來幫忙，這樣我就可以支持自己及孩子的生活開支。當時的丈夫起初對我這盤生意並不看好，更笑說我要訂一張大床讓他可以休息。正如之前所說，在財政上幸好有母親幫忙，診所得以順利開設。儘管母親不贊同我的婚姻，但她同意女

> 對的人
> 兜兜轉轉還是會相遇
> 錯的人
> 多用心經營終會走散
> 我們這一生
> 不需要刻意去 遇見誰
> 也不需要勉強 留住誰

人需要獨立自強，也對我的處境感到心痛，母親挺身而出提供支持。同時，我的九龍灣診所也因口碑而越來越多病人，更慢慢開展了我的醫美事業。

儘管如此，我還是感激當時的丈夫，他令我變得更堅強。最初的醫學美容業務是在診所中開展的，從買第一台醫學美容儀器，到後來租鋪開醫學美容中心、甚至到銅鑼灣開分店，我也尊重他的想法，有問他的意見。他照例是愛潑冷水的，最初說歐洲醫美儀器太昂貴買國產的就好，裝修用料過得去就好，對開分店之提議也是不贊成，怕我會蝕本。但正正是因為他的反對聲音令我會想得更清楚，更知道自己想開一家怎樣的公司，更堅決相信自己的決定是正確的。他令我明白，我要相信自己的直覺與判斷，要培養自己的眼光。

❝

不論任何關係
只要別人沒有考慮過您的感受和利益
就該及時止損

❞

孩子出生不久後，我就決定了要離開這個不可終生托付的人，我不希望勉強跟一個不合適的人在一起。最初我是自己搬到中環，先過上分居的生活。那段日子，我也問過自己，是不是真的要跟當時的丈夫分開？一個人冷靜下來後，我想到兩個情況，首先是想到未來，我想像我繼續與他一起生活，我接受得了嗎？答案是不。另一個想法是，如果回到結婚以前，讓我重新選擇，我還會和他一起嗎？答案也是不。

想法清晰以後，離開的決定也就變得堅決。或許有人會問，那孩子怎麼辦？這確實也是個考慮，但我相信，只要我耐心地跟她解釋，她慢慢就會明白，我會坦然地讓孩子知道媽媽的想法和決定，我不會做一個不顧小孩感受的母親。對我來說，時間比金錢重要，我可以做的事情有很多，人生不應勉勉強強地過，不應被不舒服的關係扯著後腿。要珍惜每一刻，活出自己想要的生活，要讓自己成為有能力的人，既然我有能力離開，我就不應再猶疑。不離開，又怎會知道未來等著我的，是不是更為精彩？很多無法離開的人，可能礙於許多不同因素，最主要的還是恐懼，怕未來會有所改變。我們要培養離開的條件與勇氣，因為許多時候，離開才是正確的選擇。

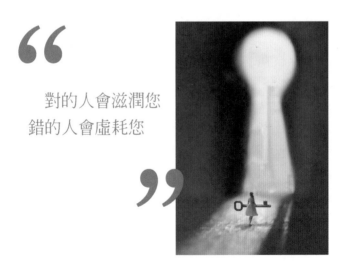

"

對的人會滋潤您
錯的人會虛耗您

"

2.2 善良有尺，忍讓有度，設定「健康界線」

"
人性就是
您顧忌的事情越多
欺負您的人就越多
您在意了誰的想法
您就容易被誰擺佈
"

有時我會想，上天還真是公平的，我在事業上的眼光，是比看男人的眼光要好得多。但我也感謝上天給我不同的經歷，讓我一直學習，怎樣去設定自己的底線。

我是喜歡照顧身邊人的，小時候照顧弟弟，長大了也會想著要照顧另一半，一切都理所當然。而我也天真地相信，只要我對另一半好，對方感受到了也會回過頭來照顧我，又或是某天會說句謝謝，不需要我那麼努力照顧，著我好好休息。但我的經歷讓我明白，在男女關係上，這種想法過於善良，遇上不夠善良的人，只會令自己受到傷害。

在我遇上第二個人時，事業發展十分順利，而且我也真的很喜歡照顧、幫助別人，所以我不介意給予對方支持。他比我年紀小，才讀書回港不久，可能慣於被照顧吧，在處理財務上未夠成熟，我並不介意在經濟上給予支持，他沒有工作經驗，我便聘請他到公司幫忙，協助管理網站，他想創業，我也經濟上支持。但久而久之，我發現這些支持還是未能讓我們關係變得更好，我們的步伐始終都未能一致。

就在我想著應該要分手的時候，我懷上第二個孩子了，我想是上天替我選擇要我再組織家庭吧，在對方家人提出下，我們結婚了。當然，後來發現這個決定是錯的。婚後我繼續做好自己的家庭角色，連對方的家人也照顧，除了丈夫得到經濟上的支持，連家姑我也給予生活費。對我來說，金錢從來不是最重要的東西，如果金錢可讓身邊人幸福快樂，令身邊人努力向上，我並不介意付出。那時候，丈夫負責家庭的日常飲食，我繼續我的事業。可是，不久我就發現，這種關係並不是我想要的，我希望回到家中，會有一個可以讓我分享工作上的苦與樂，對我事業有共鳴的人。只有這樣的人，才能令我奮力向前。如果他只滿足於在家庭閒散過活，並不是我想要的另一半，因此我再次決定離開。

第二段婚姻過後，我還是有想過會遇上合適的人，繼續跟不同的人相遇相處也喜歡上別人。但我還是會不小心選錯人，只要我見到對方示弱，就很容易相信對方是真心的，還會很包容對方的缺點，我相信人性本善，許多人只是經歷人生低潮，如果可以讓我扶他一把，他就會重新振作，當然這可能也是過於善良的想法。當我和一個人一起，我就像是盲了聾了的，有種錯誤的執著，即使聽到不同的流言，甚至收到匿名信寫他的不好，我也會相信他會因自己待他夠好而慢慢改變。也像許多心軟的人一樣，每一次對方請求原諒，我也很容易選擇接受，與對方重新開始。

當投入了一段關係，我都是希望兩人能夠長長久久的，哪怕途中會遇上傷害，都會跟自己說容忍一下就過去了，相信許多人都會這樣想，我以前也是一樣。不過我終於改變了，因為我知道，有些關係，維持下去的確是會令人身體受皮肉之苦，身邊人亦很擔心自己；而且我終於明白到，就算分開了，也可以帶著創傷一段長時間。在脫離了一段不健康的關係後，我往後的痛苦很長。那一年間我常常發惡夢，覺得外面有人要衝進來，感到非常害怕。因為他不斷要求復合，那時我為了避開那個人，曾搬家搬到他找不到的地方。

可是，我會就這樣對愛情失望嗎？不會，雖然受過傷害，我仍然相信愛情，我仍會勇敢去愛，仍會尋找最合適的人，與我組織家庭。但現在的我，已比之前進步了，明白到善良有尺，忍讓有度，不可能再無止境地去包容對方。我們要為自己設定「健康界線」，當超越了這條界線，關係變得不健康，還為自己帶來痛苦與傷害，這時候就要擺脫，不能再沉浸在

永遠不要懷疑愛情
因為有問題的是人
不是愛情

> 學會愛自己
> 並不是爲了成爲最好的樣子
> 而是您懂得每個模樣的自己
> 都值得被愛

對愛情的幻想裏，更不可再無限制地滿足於他人的慾望，逆來順受，消耗自己，不可再因自己擁有很多而對人過份寬容。要學懂，在愛裏享受當中的快樂，到出現問題時，就要理性地面對。更重要的是，我學會了要找價值觀相同、步伐一致的人，不再因爲見到對方需要自己幫忙而心軟。

縱然是曾經失望，縱然是曾經受到傷害，我還是感激從前的這些人，爲我帶來三個可愛的孩子。當我看著他們的笑容，看著他們快樂地成長，以往的許多痛苦就像變得值得了一點。所以對於得失，我是想得通透了一點，不曾受過這些傷害，我現在能擁有這些寶貝嗎？這確實是說不清的。但除了愛這些孩子，我們更要學懂的，

是自愛。

2.3 不忘對自己說
「我愛您」

我的愛情路或許並不順利，但經歷的確是要會讓人成長。現在回看，即使對方有過份的要求，也會在愛情中迷矇得照做，非常單純，結果要承受被出賣的痛苦，結果帶來了對雙方的傷害。從前我展開關係，就會事事為對方設想，像掉進了一個坑洞，還誤以為一直走就會走到光明處，沒想到迎來的卻是死胡同。近年來，我常常跟朋友說，就算您有了所愛的人，也千萬不要忘記，對自己說「我愛您」。

我們常常忽略了對自己的愛和關懷，就像我開展關係後，就會把自己的地位降到很低，事事為對方著想，一往無前，卻忘記了自己。如果我們只懂跟對方說「我愛您」，而不懂得對自己說，忘記了自己也是重要的人，這種愛，是非常不成熟的。

我們並不需要在被愛中肯定自己，只要我們能自愛，充份認識、了解、關心、善待自己，就能夠成為更好的人。成為更好的人，也才能更好、更合理地去愛人。唯有愛自己、尊重自己，才能得到他人的愛與尊重，並建立起更為平衡和諧的關係，不至於令自己過份勞累。

要怎樣才算得上愛自己呢？我們要懂得關注自己的狀況，打個比方，就像照顧一個花園，我們要思考怎樣打理這個花園，怎

樣才能栽種出最美麗的花。我們慢慢成長，是要有健康的土壤，也就是健康積極的想法，這會能令我們茁壯；澆灌水份，就像是培養良好習慣，而且是有規律、持之以恒地去做；至於肥料，就可能是給在適當時候給予自己一些鼓勵與獎勵，不一定是要有實物，有時可能只需寫一張小紙條，就能讓自己繼續努力下去。我們要知道自己是最重珍貴的，要提醒自己不要讓別人帶走您的快樂與時間。

> 心很貴
> 一定要裝有意義的東西
> 情緒很貴
> 一定要讓自己每天快樂
> 時間很貴
> 一定要做有價值的事

"

您知道擁有您的人會很幸福
您會先喜歡上自己的優點
　愛您的人不是看不到您的缺點
　而是愛上您的優點

"

我們還要有辨別能力，要清楚分辨哪些偶然飄進來的雜草是否有害的，例如是錯誤的想法、壞心眼的人，要盡早把這些影響您的雜草除掉。還要有保護自己的能力，在受到害蟲進犯時，勇敢去保護自己。生長的途中，或許會有風雨為我們帶來傷害，我們要怎樣去避免？怎樣去面對？又或是能不能不正面對抗，而是把柔軟但堅強的枝條彎一彎，稍微躲避一下，跟自己說，有風有雨是很正常的，只要過去了就可以了。我們要認清每個人都有自己的缺點與不足，都會有軟弱、犯錯的時候，懷抱坦然的心去接納這個時候的自己，不要去批評、覺得自己不好，更不要以他人的價值觀要求自己，要有自己的方向，這些也是愛護自己的表現。

我們要相信，最有能力讓自己快樂的人，就是我自己。不需要等待別人來滿足自己，快樂從來源自自己的心，您的幸福一直都在您的手裏。擁有這一份自愛，再遇上合適的人，對方才會懂得尊重您，雙方才可以擁有更健康幸福的關係。愛自己不是自私，不是爲了自己，而是爲了愛人，去把愛更好地給予身邊的人。

"

親愛的
　愛您所愛
勇敢去愛過好這一天
　每一天走著走著
　那天終當到來
　該來的都會來
　該遇見的都會遇見
從好好愛自己的一天出發
　一定要相信自己很好
　才會遇到很好的人

"

第三章

"

讓家裏充滿
快樂

第三章

3.1 成為孩子的**知己**

不少朋友都羨慕我有三個可愛乖巧的孩子，常問我怎樣養育他們，與他們相處的過程又有沒有遇到什麼困難，我想，由第一個孩子開始，我已覺察到為對方設想是最好的相處方法。

記得大女出生後的頭兩三晚，她哭得非常厲害，不管哄她、換尿片換衣服餵奶等等，都無法令她止哭，我當時非常無助，還抱著她哭起來。但到冷靜下來後，我想到，孩子不懂得表達，我是媽媽，應該幫她解決問題呀！她應該是某方面感到不舒服才哭，她舒服了就不會這樣了。我想是因為她腸胃不舒服，影響了食慾，餵奶前以刺激肛門排便的方式令她排便暢通，才再餵食，便睡得好，用了這方法後就再沒有出現之前夜哭的問題了。

我們做大人的，很容易把自己的想法套進孩子身上，想控制他們，但重要的是設身處地代入他們的角色，想想他們想要的是什麼，然後再作指導。當然，有些決定還是應由父母下的，例如要讓孩子嘗試不同的興趣班，發掘他們的潛能，但孩子容易三分鐘熱度，心態上也不想刻苦，這時候，父母就

要做一個嚴厲的教練，提醒他們，要孩子知道父母對他們有要求，讓他們繼續堅持下去。父母要有分辨孩子不同個性的警覺性，好動的、文靜的、做事仔細的、有表演慾的，各有不同的特質，不應以劃一的標準要求他們，要用心去理解孩子的想法，並加以引導。

許多人以為小孩不會想太多，其實不是，他們的世界很小，只有身邊的我們，他們比我們所想的更敏感，更會因為我們大人的行為而不自覺出現情緒問題。我有三個孩子，要常常留意不可以偏心任何一個，盡可能把愛平均地分配給他們。我希望他們不會互相有負面比較，又或是生出妒忌兄弟姊妹的心。當我帶著三個孩子出席聚會，人們會稱讚他們，但焦

點有時會去了其中一兩個孩子身上，我就要留意被忽略的，稱讚他們，讓他們知道自己同樣值得受讚美。平日我也會讓他們了解各自的優點，要他們做小老師，令孩子之間不會生出猜忌心，會團結地解決問題。

儘管我們會努力做到對每個孩子公平，但據研究指出，孩子還是會很容易覺得父母偏心的，這樣又要怎樣做呢？我們要提醒他們的獨特性，讓他們知道自己是獨一無二的，但正因為這一點，我們會因應他們的個性對他們有不同要求，準則有時會不一致，這種並不是偏心。我們要讓孩子知道，自己也要明白，平等與公平並不一樣，「平等」是給予他們同樣的東西、有同樣的要求，但「公平」就是視乎情況給予不同的資源和要求，這樣才能幫助孩子發展自己的優點。情況就如對擅長運動與不擅長運動的孩子，會提出不同的標準，或有不同的訓練安排；語文能力各有不同，未必個個都能拿高分，那就可以要求能力較低的要有端正的字體而不是求分數，這並不是偏心，而是給他們量體裁衣，給他們最適合的東西。

孩子的世界比較簡單，就是渴望父母的關愛。要照顧孩子的感受，重要的還是要有珍惜每一刻相處的時間。無論是去聚會、做運動，我都盡量會帶著小朋友，跟他們溝通，讓她知道我雖然很忙碌，家裏外傭又照顧得很好，我都不會不管他們。現代人生活忙碌，工作累了會想休息，這是可以理解的，但時間是最公平的，沒有人會比他人多一秒鐘，做父母要懂得取捨，放低一些沒那麼重要的事，換取更多與孩子共處的時間。相處時，我們都要盡可能給孩子「專心」的時刻，有時可以很簡單，只是幾分鐘，抱一下他們，跟他們說說話，讓他感受到您把他當作焦點，孩子看到您願意放下手機專注於他們，就會感受到愛。陪伴除了要重「量」，也要重「質」，讓他們知道您的重視，孩子常常感受到您的愛，自然可以健康快樂地成長。

這年代母親很難再像上一代了，要恩威並施，需要嚴厲的時候讓他們知道您的認真，平日就要像朋友般相處，讓他們敞開心扉跟父母溝通。家長要做個好知己，細心聆聽，知道孩子的困難和想法，且不要以我們大人的眼去看事情，要代入他們的角色，了解他們，更好的幫助他們成長。

> 時間
>> 是現實中最平等的交易
>> 人生總要作出適當的「捨得」
>> 先捨，而後得
>> 換取更多與孩子共處的機會
>> 嘗試跟小朋友制定更多
>> 以學習為目標的小遊戲
>> 享受最好的親子時間

3.2 怎樣
對孩子說話

有人說：「幸福的人一生被童年治癒，

　　　　　不幸的人一生都在治癒童年。」

許多家長不明白，有時只是簡單的一句話，就能夠令孩子感到幸福、感到被愛，但一句話，也會打擊他們的自信，令他們往後要花時間治癒童年。

上一代的父母常常會對子女下指令，令孩子易有反叛心態，與他們對抗；但更易令人受傷害的是說負面的話，不要這樣不要那樣，易令孩子變得自卑，事事裹足不前，還有些父母會不小心作比較：「爲何姊姊做得到，您做不到？」、「爲何您的同學誰誰做得到，您卻做不到？」這些說法久而久之會深深植入孩子的腦海，令他們失去自信，影響他們往後的日子。因此，我要常提醒自己，多用正面的說話去跟他們對話，也要多對孩子笑，令他們感受到「人要開心」的訊息。

"

媽媽的情緒決定了孩子的性格
溫柔的媽媽
養出來的孩子多半情緒穩定
暴躁的媽媽
養出來的孩子多半性格頑固
媽媽確實對孩子的影響很大
但別忘了
媽媽情緒很容易受爸爸影響
所以說孩子好與不好
從來不是一個人能決定的

"

我的兒子也會有頑皮亂跑的時候，很多人會立即制止小孩，但我會嘗試先叫他慢慢走，請他坐下，又或是給予指令，例如請他爲我畫一幅畫，跟他說畫的畫很漂亮，媽媽很喜歡，希望他替我畫一幅。他畫好畫後，也要用具體的方法去讚美，而不是空泛的言詞，例如畫的某個部份用色特別好，給媽媽怎樣的感覺，讓他有所得著和力求進步。

讚美也有一定的技巧，不應只用抽象的形容詞，應用上具體、描述式的稱讚，例如成績好，有些人會稱讚孩子聰明，但就很易讓他們忽略了努力的重要性，容易變得懶惰，如用上描述式的稱讚，說「您今次很用功溫習，所以有這樣好的成績，下次也要繼續努力呀！」有時候，孩子會越幫越忙，便要用

上一些欣賞他的內在特質的稱讚方式，例如想幫忙做家務把杯子打破了，不應責備，也不要過份緊張，而是去欣賞他背後想幫忙的心，例如說：「謝謝您幫忙，水杯爛了不要緊，最重要的是您沒有受傷。」描述式的稱讚會令孩子明白，您是在鼓勵他正面的行為。

生活中，我們常會不自覺有負面的想法，但在孩子面前，要盡量放下這些想法，並引導他們把特質變好。對常常發問的孩子，可以說欣賞他的好奇心，鼓勵他自己去尋找答案；對常常沒有想法的孩子，可稱讚他們隨和，同時鼓勵他們建立自己的審美觀、有自己的想法；對較固執、挑剔的孩子，可以稱讚他們有原則、有要求，但也提醒他們有些事情可能需要一些彈性。有領導能力、謙虛、有判斷力、有創意、做事

謹慎、勇敢、懂得欣賞別人等等，每個孩子都有他的優點，父母要懂得怎樣找出這些特質來稱讚，才能令他們感到快樂，而且活得積極樂觀而有自信。

除了平日的對話，我還會和孩子有深層次的談話。許多家庭吃飯時會不說話，又或是大家各自在看電視、刷手機，但我認為這吃飯的時間才最要緊。我會在這共處的時候，多與孩子溝通，問問他們的學校生活，了解他們的情況。問的時候，注意的是放下理性，不要中途加入自己的評論，要投入孩子的感情世界，多問及他們的感受，聆聽他們的說話，看他們是否需要幫忙或引導。

最後還有要提醒父母的，有時雖然真的很愛孩子，但必要的時候，還是要用上其他語氣，例如他們做錯事時，要用認真、嚴肅的語氣幫助他們了解自己的錯處，以及做錯了有什麼後果，讓他學會承擔錯誤，並在之後避免再犯。父母也要讓他們知道您的堅持和要求。像新年的時候，我會問孩子過去一年有沒有做得不夠好的地方，希望他們反思，並設立今年的目標。我也會不時提醒他們，我能提供給他們的資源，只限於他們未長大時，長大後的生活，是要靠他們自己努力，這樣才會令他們有上進心。

3.3 您想孩子怎樣，
　　是您的選擇

現代很多父母，都給予子女最好的，希望他們快快樂樂，不要太辛苦，給予豐富的物質生活，好好當少爺小姐；又有些只著重於他們的成績或課外活動，希望他們生活各方面都有人照料，舒舒服服。但這些想法，就會令孩子變成「三低」港孩：自理能力低、情緒智商低、抗逆能力低。香港教育大學就曾有研究發現，香港的幼稚園學生的「心智解讀」能力遠低於同齡的英國兒童，不懂理解代入他人的思維、解釋他人的想法，也就是不懂看人的「眉頭眼額」，原因是家長常把焦點放在孩子的學業上。

如前所說，我也會讓孩子參與課外活動，因為發展不同方面的興趣、發掘出他們的潛能，是重要的；但在學業的要求上，就相對沒那麼嚴格，只要看出他們有努力就可以。意大利詩人但丁說過：「道德可以彌補知識的不足，知識無法填補道

德的空白。」我最希望的，是他們能成為一個有品德、有禮、懂得與人相處的人，簡單說就是懂主動打招呼、進電梯時會禮讓，為別人按著開門鍵的人；可以的話，還要成為一個有用的人，把自己所學回饋社會。

要他們成為這樣的人，父母的身教十分重要。您們是孩子最重要的模仿對象，所說的每一句話、所做的每一個行為，都會深刻印進他們的腦海，您們的是非觀、說話方式、處理情緒的方式等等，他們都在學習。您表現得橫蠻無禮，孩子也容易變成同樣的人；您待人親切禮讓，孩子也會謙和友善。在您抱怨孩子常常想著要玩手機時，可想想自己是否也花了很多時間玩手機？如果您表現得自律，孩子也會學習。

我會給孩子一些簡單任務，讓他們有使命感。小時候可以讓他們協助做家務，抹抹桌子拖拖地板之類，您會發現他們會有滿足感，認為能幫助大人很有樂趣，這種子播下了，孩子就能成為主動的人。如果您未能給他們這種使命感，他們長大了會繼續過飯來張口的生活。當然，孩子有時會越幫越忙，結果要我們收拾殘局，但我們要讚賞他們這種樂於服務的心，讓他們知道下一次要小心一些，也可以提醒他們有時人的能

力有限，要懂得判斷自己是否真的有能力做到。能力也可以慢慢訓練的，像我的女兒，年紀小小已懂得在我做運動時為我看心跳的情況，後來更替我看信息，甚至會幫忙提議我用什麼方式回覆，是因為我讓她嘗試，她就更努力去認字，變得更有能力。

人是社會的動物，我常常提醒孩子要學習團隊合作。在我只有大女兒一個的時候，我會帶她到外面參與需團隊合作的活動，令她知道學會與人相處是重要的。除了基本禮貌如主動打招呼，我們還要學習與人交流、理解別人、關心別人，過程未必完全順利，孩子也常會有挫折，父母要懂得開導，讓他們知道每個人的性格不同，有些朋友相處不來也是平常事，合不來的人繼續以禮相待就可。只要保持一顆真摯的心，懂得為他人著想，自然會有很多的朋友等著您。我還會帶孩子去做義工，例如幫忙派飯給有需要的人、探訪獨居長者等，我希望他們明白，自己的幸福並非必然，在有能力時應該要幫助別人，令社會越來越好。

父母的身教確實重要，我常常提醒自己，要成為讓孩子自豪的人，有時到學校去，女兒後來會說起，同學很羨慕她有個像姊姊般的年輕媽媽，那時我就會感到平日的努力都十分值得。有時見有些朋友說起父母，就像感到很尷尬，不想帶父母外出，那到底是子女的問題，還是父母做得不夠好，我並不清楚。但我會告訴自己，要保持最好狀態，不讓自己生活懈怠，要成為一個走在子女旁邊，他們也會引以自豪的媽媽。

願小孩們能勇敢成長
能力未必一定做得到
但至少勇敢嘗試

3.4 外傭也是
家中一份子

有些父母雖然很努力，卻常常會忽略了家庭教育的重要一環：
他們對外傭的態度，也影響著孩子的價值觀和與人相處方式。
人或許有貧富之別，但所有人的尊嚴都是可貴的。如果您不
把外傭當作您家中的一份子，事事頤指氣使，孩子就容易變
得沒有同理心，不懂得體諒他人。

外傭也是人，但她們的成長背景與我們不同，生活習慣也大
不一樣，我們不能以自己的尺去量度她們，要求她們立即變
成您期望的人。她們放下自己家庭來到您家，起初也定然是
難以適應，又或是有點離家的不快樂，如果我們還要板著臉
孔對她們呼呼喝喝，她們又怎會做得好？想想我們工作也未
必是做一次就能記得住，何況一個家裏有那麼多瑣碎事，又
怎能奢求短時間內就事事符合您要求？磨合是需要時間的，
重複提醒也是必須的，僱主要有耐性與體諒，平日多以善意
的眼神和笑容對待她們，對她們多點信任，讓她們對家庭也
有歸屬感。

我家中外傭分工分明，有各自負責的工作，所以一旦出現問題時，就會知道誰應該負責，這種分工概念十分重要，因為人是會有推卸責任的傾向。但我對她們的要求很簡單：做錯事了要主動承認，不要企圖作任何掩飾，掩飾錯誤是比做錯更大的錯誤。那問題發生了，僱主要怎樣反應呢？最重要的是對事不對人，要解決問題，和想方法提醒外傭，以後不要再犯同樣的錯誤。千萬不要受一時的憤怒情緒牽動，因為您的反應除了影響她們，也影響著孩子。當您表現得情緒崩潰，孩子也會看著您崩潰，當您想到這一點，就會冷靜下來。

如果我家裏發生問題，我會以嚴肅的聲線提醒外傭不要再犯，並說出自己的感受，例如我的衣服給弄破了，我會用帶著善意但認真的語氣，以她們明白的關鍵字詞說：「這衣服太太我很 Like，您弄破了我會 Unhappy，下次要小心點。」我們都是人，平日不會想讓朋友傷心，只要您平日待她們友善，

為人父母要學習表達情緒
而不是情緒化表達

她們把您視作朋友，也會不想讓您不高興，之後就會留神一些。溝通上也要多用對方理解的字詞，不然您會誤以為她們都明白您所講的，最後就會再次起衝突。當然她們工作有時還是會有些瑕疵，但只要保持親切，循循善誘，她們就會做得越來越好。

有些僱主會害怕外傭與其他同鄉相處會「學壞」，甚至因此不喜歡她們假期外出，但我是信心滿滿的，完全不擔心這種事發生。因為我確信，我家的外傭在外面跟別人談起，就會知道我是個讓其他同鄉羨慕的好僱主，她們就會更用心地為我工作。

第四章

"

經營

不是靠運氣

第四章

4.1 堅持初心

BEAUSKIN Medical 從創立到現在已經十年，不但捱過疫情，還進一步擴展業務，這有賴於員工的努力和客戶的信任。不少人會問及我創業之道，只能說的是，要膽大心細，有破釜沉舟的心。

悲觀者把危機視爲困難
樂觀者把危機轉化爲機會

回想起買第一台醫美儀器時，過程很簡單，我是有經過計算，並相信可以回本的。但到了後來擴展，由一個房間到一間店鋪，再到樓上鋪開分店，其他區的分店，這些進展卻是難以預計。我只可以說，許多決定，事前並沒有仔細計算，都是大膽的抉擇，是破金沉舟。那刻機遇到了，想法來了，就要鼓起勇氣、一往無前地去做，就算遇到旁人潑冷水，我也會堅持自己，

如果沒有這份勇氣與膽色，又怎能好好當一個領導者？

不過，大膽就能成功嗎？當然不是，還要的是「心細」，心細是對服務質素的要求，和對初心的堅持。從一開始，我做醫美行業，就下定了決心：要給客人最優質的設備與服務！從裝修開始，每一塊地磚，每一張椅子，每一張美容床，每一部儀器，每一個細節我都要求挑選最好的，要原廠正貨，我要讓客人到店後，立即明白到我們與其他店鋪的分別。我要堅持自己開店的初心：以合理價格將醫學美容普及化、「絕不硬銷」，我要讓客戶自己作選擇。我確信，做好自己，有服務，有口碑，價錢公道，自然就會成為客戶的首選。

這十年間，當然也收過不少的合作、收購建議，甚至有人問我
為何不讓公司上市。很多人都覺得我是個傻瓜，為何手握一隻
金蛋，不把它的價值極大化？但我深入了解後明白到，一旦有
其他人加入了管理，我便會失去自主權，自己或是下屬有什
麼特別的想法，都難以付諸實行了，我也無法堅持希望執行
到底的理念，例如我希望回饋社會，但如果有諸多制肘，就
難以實施。BEAUSKIN Medical 是我的孩子，我一手一腳撫養

長大了，一個漂漂亮亮的孩子。
我 經 營 BEAUSKIN Medical 的
初心，從來不是只向盈利出發，
而是希望讓醫學美容普及化，讓
更多人擁有變美的機會，令我無
法做到這些的，都不會是我的
選項。

"

相信自己　不要問自己行不行
只要問自己想不想
如果想，您就要
如果要，您就能
如果能，您就一定行
永遠記得自己想要的　而不是所恐懼的
相信自己　欣賞自己
鼓勵自己　肯定自己
成就自己

"

> 很多人想創業，開口第一句就是：
> 我認識的人太少，我怕我做不起來！
> 親愛的，您還沒有開始，就已經否定自己。
> 其實不是有人脈才能做許多事情，
> 而是開始做了很多事情才會有人脈！
> 很多人都把順序弄反，
> 等著貴人來幫自己成就人生！
> 您要清楚，貴人不會去幫助
> 一個無所事事的人
> 這才是所謂：越努力越幸運！

如果說，創業最重要的一步是什麼，我會說，是要有實行的心。許多人都給自己太多藉口，怕困難，怕蝕本，怕自己沒有「貴人」，令事情不斷拖延。很多人弄錯了順序，以為要等待，事實是，當開始了，努力去做，好好與人相處，一切人脈就自然而至。

4.2 管人先要管心

至於說有什麼是較獨特的，或許是我由開業至今，都堅持著全體員工星期日休息。雖然我本身很勤力，但也很重視工作與生活的平衡，更重視的是家庭，如果為了工作影響了家庭，影響了與孩子相處的珍貴時光，是很不值得的。對很多商店來說，星期天的生意很重要，但我認為，員工有自己的休息日、家庭日更為重要。除了星期日全日休息，因應員工意見，我們星期六的營業時間也提早了，讓員工可以放工後去聚會。

您的付出和重視員工會被看見，直到現在我還是常到各分店走走，與主管聚餐，順道看各店的運作，也邀請員工、客戶

跟我直接談話，我希望聽到大家的聲音。所有的員工都有我的直線電話，只要他們有需要，或是有任何意見都可以直接提出。像我留意我的小孩一樣，我也會留意員工的不同特質，編排他們做不同的工作，希望大家都能發揮所長。

香港醫美公司最著名的恐怕是要員工「追數」，但我不會要他們追數，我只要他們「追服務」。例如是治療師，您為客人制定好度身訂造的「扮靚時間表」，用心做好每一次皮膚分析，做得妥貼，客人感到有成效，自然會繼續療程，不需

要「追」。當然一些數字還是要有的,但要有彈性調節,每月營業額目標會按年度調整,也會按特殊情況作改動,讓員工知道您不是個把他們當機器的老闆。

在跟員工談話時,我都是多以正面鼓勵的方式,我一向認為正向思考非常重要,除了令自己能樂觀應對事物,也影響到身邊人。後來我讀到美國心理學家芭芭拉・弗雷德里克森(Barbara Fredrickson),在上世紀 90 年代末提出了擴展及建構理論(Broaden and build theory),指出當人擁有正向情緒時,會較願意開放自己、接納各種事物,更容易留意到身邊的事物,在解決問題時便能更靈活;而負面情感則會縮窄並限制注意力。我就明白,為何我總能有如此優秀的員工了,因為他們大都能保持正面積極樂觀的態度處事。

我們公司員工的流失率較同業為低,現時有近半數員工服務公司超過五年。有些後勤員工即使已移居海外,只要工作可以在家做,只要他們願意,我仍會繼續聘請他們,讓他們不需為找工作煩惱。

4.3 感謝

客戶信任

除了有支撐著公司的好員工，我還慶幸有一批長
期支持的客戶。人與人的信任不易建立，與客戶
的互信更難，但我會一直努力。

怎樣贏得客戶的信任呢？首要的是建立專業口
碑，從店鋪裝修到各項儀器設施的保養，都要一
絲不苟，我要給客戶最好的服務，但付出的只是
合理的價錢；員工也要專業，要熟悉店裏的各類
儀器與服務，但專業之餘也要誠實，讓客人清楚
了解一些限制，還要細心，明白客人的真正需
要，為他們解決問題，有些人可能是聽到某朋友
用過某部儀器很好就要用，但那未必是最適合他
的，店員就要多加講解，讓他們明白真正適合的
產品是什麼，而且絕不硬銷，也不會有任何隱

藏收費，久而久之，客人見到有成果了，便會知道自己選擇
BEAUSKIN Medical 是對的。我們要聆聽客戶的聲音，像之
前所說的，公司一步步改變的契機，不少都源自客戶的意見，
我從小就明白聆聽的重要，許多有趣的點子，都是從「聽」
開始萌生。

用「理性」去面對感情
用「感性」去面對工作
可能會有意想不到的驚喜

讓客人感到受尊重也是很基本的，絕不可以待慢客人。每次
到不同分店時，我都會帶備名片派發給客人，上面有我的私
人電話號碼。我會讓他們知道，在這店裏發生任何問題，都
可以直接找到老闆，不是一層一層推卸責任；對於產品有任
何疑問，老闆一樣會給您解答，這位老闆會關心每一個細節，
親力親為，為您提供最優質的服務。有任何意見要提出，這
位老闆也會給您回應，讓您知道您是備受重視的尊貴客人。

許多公司的老闆都滿神秘的，但我不喜歡這樣，我希望展現真實的我，讓大家更了解我。我會在社交媒體上發放照片，我吃什麼，我做什麼，我的生活，讓人更清楚我是個怎樣的人。只有真實，才能讓人信賴。從展現自己的價值觀、人生觀與生活開始，就有不少朋友私訊我，雖然不是每個都是我的客戶，但我覺得大家都是朋友了。社交媒體上的每一個動態時報、生活動態，每一個私訊回應，都出自我的手筆，沒文字的，大部分亦有用語音回應。就像這書的源起，也與我的社交媒體脫不了關係：一直有不少朋友給我私訊，他們總在鼓勵我，希望我把我的人生更好地告訴大家，有些讓大家好奇的部份，我也應該講得清楚一點，不要讓外人猜猜度度。

不知不覺間，有些客戶成為了朋友，有些朋友又成為了客戶，以誠待人，總錯不了。

第五章

"

改變自己

永遠不會晚

第五章

5.1 要有不選擇的資格

常常在 Instagram（IG）收到私訊，說佩服我能夠果斷地離開我不想做的工作，離開不再愛的人，他們有的說自己沒有離開的勇氣，但也有些，說自己受制於生活無法離開。前者需要的是改變心態，但後者需要的，卻是培養客觀的條件：有經濟能力才能保障一個人的尊嚴和自由。有時我們會認為有選擇真好，但真正自由的人生，真正最好的選擇，是有資格不選擇。

人生最好的選擇，
是您有資格不選擇

推說自己沒有勇氣離開的人，其實是心理因素居多。心理學上有「現狀偏差」的說法，指人們會情緒地偏向於維持現狀，這不是因為現實特別美好，而是因為他們會害怕改變帶來的損失和風險。我們除了會傾向於維持現狀，有時還會欺騙說自己擁有的已比很多人好，誇大自己現在擁有的東西的價值。這種害怕損失的心態確是人之常情，害怕改變後感到後悔的心理也是很明白的，可是，我們要理性一點問自己，那是您希望得到的未來嗎？如果回到過去，您還是會作出這個選擇嗎？唯有弄清自己真實的想法，不要把現狀合理化，我們才會有離開的勇氣。

而客觀條件不足的問題，還是要慢慢解決，但培養良好的儲蓄習慣是必須的。許多人會奇怪我怎會年紀輕輕就有資金開設自己的診所，這其實和我出來工作不久就養成了儲金粒的習慣有關，那時金價不高，我習慣每個月把收入的一部份都拿去買金粒，這些積蓄後來就自自然然成了我開公司的「第一桶金」，並不需要去求什麼人。學會理財十分重要，千萬別花費在不需要的物品上。

經濟獨立對現代女性來說尤其重要，經濟獨立，就不需在不想要的關係中委曲求存，無論是不想做的工作，還是不想要的愛情。有些人會因為結婚就放棄工作，這是可以理解的，如要照顧家人而無法上班，可嘗試找些兼職或在家工作的機會。我們還要繼續學習新事物，發展自己的興趣，保持自己的競爭力，以免被日新月異的社會淘汰。努力裝備自己，到機會出現在眼前時，才更容易掌握。

做個有底氣的女人

女人有三件事一定不能停：

學習、打扮、賺錢

如果不吃賺錢的苦

就一定要吃婚姻的苦

好的婚姻不一定全靠錢

但一定離不開錢

經濟獨立

才是一個女人最大的底氣

生活是自己賺出來的

別人的照顧　千萬不要太期待

討來的幾分物質

就要抹殺幾分底氣

只有自己拼出來的

才能真的遮風擋雨

努力做個有底氣的人

減少期待　落落大方

好好生活　好好愛自己

有些人會抱怨自己沒有貴人，但貴人其實不會去幫助無所事事的人，只有通過自己努力，踏實去做，才會成為一個有選擇權的人，而非成為一個選項。那時我們更可充實自己，努力助人，成為別人的貴人。

除了實際的經濟問題，我們更需要繼續保持自己的最好狀態，不可以因為一時得到寵愛而變得慵懶，成為人們口中的「黃面婆」。我們要好好照顧自己的身體，保持漂亮。當您面對鏡中那個美麗的自己，會更加快樂、更有自信，也更有改變的勇氣。

有些人在選擇伴侶時，會在客觀因素上考慮太多，但如果我們擁有獨立的條件，就更能單純地找到自己喜歡、值得欣賞的伴侶，無需因對方經濟條件好而去作出選擇。有些選擇您誤以為自己是在選擇，其實只是因為您未夠好，無法不選擇這個您未必最愛的他。只要您身心夠強大，您可以自己決定，選擇，還是不選擇。

5.2 健康快樂是首要

經濟需要獨立，但還是要記得：健康快樂是首要。我們成長時會因他人的期望忽略自己的想法，而在長大後，又會在追逐事業成功、財富積累時，忽略了人生最重要的價值：健康與快樂。

如果我們的身心受損，所有成就都是沒有意義的。這是我從小就有的想法，所以即使在經濟環境不好時，我還是會想盡辦法令自己身體保持健康，維持著良好的生活習慣，例如飲食要均衡，最窮時吃的墨魚米都要多蔥。記得在 13 歲時，我看雜誌訪問陳慧琳，她說拉筋會令人有修長美腿，那時我便開始養成拉筋的習慣。到今時今日仍然會堅持每天做不同的拉筋動作，說來有趣，我最近度高竟然還長高了 3 厘米。至於運動，當然也是必需的，當別人在忙於交際應酬時，我可能正在跑步機上狂奔，還有核心肌群運動、抬腿運動等，自五年前開始，我已養成每日至少花 90 分鐘做運動的習慣，對我來說，運動是我的充電方法，除了強身健體，也能讓我放鬆心情。當然，護理皮膚也是需要時間的，我不會因懶惰而

放棄日常保養皮膚，還會常常敷面膜，用的護膚品未必是最貴的，但都是最適合自己的，這些我都有在 IG 分享。有些人會羨慕我的體態與膚質，但我想說的是，我沒有什麼特殊體質，也沒有不長胖的幸運，

　　　　種種的美好都是靠努力而來。

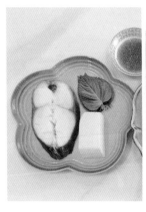

在飲食上，不是昂貴的就是最好，要花時間去理解自己身體的反應，尋找更健康的飲食方式。最近我的飲食方式改變了，要吃至不飢餓，才能燃燒更多卡路里。如曾看過我 IG 分享的朋友，會知道我每天都會進食很豐富的早餐，當中包括粟米粒、車厘茄、蕃薯、南瓜、雞胸肉或魚肉、豆腐、綠色蔬菜、蘆筍等，配以蘋果醋、意大利陳醋、白醋、日本醬油和橄欖油。有些人會覺得每天吃同樣食物會很沉悶，但在我來說，只要用料搭配得宜又新鮮

隔夜燕麥杯
Overnight oats

材料

1/2杯	燕麥
1茶匙	奇亞籽
1/2杯	牛奶
1/4杯	乳酪
1/3杯	切碎的水果
少許	肉桂粉
1茶匙	楓糖漿

做法

1. 首先將 1/2杯燕麥十1茶匙奇亞籽十1/2杯牛奶混合。可放入碗、玻璃瓶或玻璃杯

2. 加入1/4杯乳酪和1/3杯切碎的水果(水果不加亦可)

3. 加入少許肉桂粉和1茶匙楓糖漿

4. 然後將材料混合一起,直到看不到結塊

5. 合上蓋子,放入冰箱冷藏至少2小時或過夜,第二天早上,就可以享用了

就很好吃，更重要的是，我知道我這樣吃是會令我的身體有足夠營養，能保持健康，就可以形成無需毅力也能維持的習慣。我還有吃許多的「超級食物」，食物科學方面的知識越多，就越能挑選最適合自己的食物。當然，生活中有時還是會有飯局要出席，如有這種情況，我在日間少吃一點，維持著飲食上的平衡。

除了身體以外，心靈的健康也很重要。快樂是要追求的，但不要讓自己只有物質上的快樂，更要追求心靈上的滿足，多嘗試感受生活中的美好和喜悅，例如完成運動目標的成就感，發掘到自己興趣並專心去做的單純的快樂，這些快樂會讓您更易用輕鬆的心情，從容面對各種情況。我們還要學會控制自己的情緒，因為情緒並不能解決問題，要減少這種內耗，如發現很難做到，可嘗試專心去做自己喜歡的事情，例如我會在不快樂時去做運動，專心跑著動著，不快就會慢慢消失，因為跑步能產生胺多酚，有助提升愉快心情，內心也會變得平靜，甚至還會生出許多有趣的念頭，令我有更多生活與事業上的新嘗試。如果可以的話，也抽點時間去增進自己的知識，感受到自己進步，您會得到更多的快樂。

有些人會覺得兼顧各項太難，在我來說，要得到健康和快樂，先要學會取捨。我們想得到的很多，時間卻太少。要真誠地問自己，什麼才是最重要，訂立好優先次序，再一步步爲自己的生活負責。例如常有人相約聚餐，但時間是最公平的，人人都只有廿四小時，如我去了吃飯飲酒，就未必有足夠時間休息和保養身體，這樣失去健康並不值得，所以我會避免一些非必須的交際應酬。事業上的拼搏是可理解的，但可能就要犧牲其他喜好，並要時刻關注自己的身體狀況，適當時候就提醒自己健康快樂最重要，必要時需學會放下。

學會放下，也包括著要學會釋懷。許多人會懷抱著過去的不快樂生活，但現實是，時間很有限，如果您耽於過去的不快

"

您不開心
是花太多時間
在乎那些，不在乎您的人和事
學會放下
走出自己人生路

"

裏，讓自己無法繼續走下去，浪費的，是自己的生命。有些人常說我灑脫，經歷許多不愉快的關係都能勇敢向前，但人就應該是這樣呀，過去了的好好說再見，美好的仍會在前面，不肯放下對過去的偏執，就是放棄了未來的部份快樂。當然未必人人都有足夠理性去放下，但處理痛苦還是有不少健康的方式，例如把痛苦轉化成其他形式表達出來，例如寫作、創作藝術作品等；用幽默的角度去重新檢視事件，學習跟自己開玩笑；如果是一些與不少人相同的痛苦經歷，可以成為帶引同路人的動力，與人分享、做義工，讓大家一起走過困境。

緊記要以健康與快樂作首要目標，到有成就時才發現無法享受當中的美好，絕對是得不償失。有了這目標，就不會再那麼在意令我們不快樂的人和事，能活得更精彩快活。

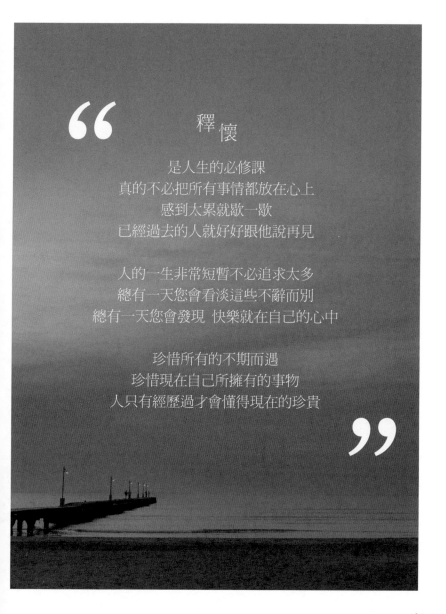

釋懷

是人生的必修課
真的不必把所有事情都放在心上
感到太累就歇一歇
已經過去的人就好好跟他說再見

人的一生非常短暫不必追求太多
總有一天您會看淡這些不辭而別
總有一天您會發現 快樂就在自己的心中

珍惜所有的不期而遇
珍惜現在自己所擁有的事物
人只有經歷過才會懂得現在的珍貴

5.3 成為自己的
人生教練

每個人的人生都是自己活出來的，不能倚靠別人去鞭策您，要成為自己的人生教練，而且是嚴格的教練，這樣才能令自己變得越來越好。

最好當然是給自己定下一些目標，我們應花時間思考自己真正想要的是什麼，並制定具體而可以實行的方法。這些目標可以是事業上的成就，也可以是追求健康美麗的體態，更可以是精神上的富足。我們可因應自己的情況，做最合適的選擇，按之前所說的，把時間放在最渴望成就的目標上，確切執行。這樣想壓力或許有點大，但好的教練還會因為您的不同情況給您設定不同的目標，有需要時作出調整，讓您能夠在不斷變化的環境中得到進步。

> 您的意念、情緒、專注力
> 還有您看待一切人事的平常心
> 都是您氣場的展現
> 「您的氣場決定了您的顯化能力」

可是，如果沒法立即想到要做什麼，怎辦呢？那就先來一點改變吧！改變什麼呢？我有幾個提議：用運動改變健康，用自律改變形象，用學習改變能力，用真心改變關係，用善良改變人品。運動、自律和學習部份，相信大家都清楚，確實是要好好督促自己，不可懶惰，堅持做有助自己身體健康的事，堅持去學習新事物，令自己有所進步。至於用真心改變關係，用善良改變人品，說來有點抽象，但實行並不困難。就如我自己的 IG，每一個留言和回應都不會假手於人，會希望跟大家真心交流，結果結識了不少不錯的朋友。在有能力的時候更要去幫助別人，像一折慈善脫毛幫助我喜歡的小動物，近年我還成立了慈善機構── BEAUSKIN UNILOVE 寰愛基金，希望「以愛寰愛」，將「愛」傳遞到每一個角落，透過不同類型的義工服務、籌募及物資捐助，幫助有需要人士，一起建構充滿愛與關懷的社會。

改變別人很難

改變自己也很難

但只有改變自己才有希望

改變的五種方法：

1. 用運動改變健康

2. 用自律改變形象

3. 用真心改變關係

4. 用學習改變能力

5. 用善良改變人品

改變自己永遠不要嫌晚

無論年紀多大

無論目前處境多麼困難

如果您認定了目標

就一步一步往前走

人生就在這時候正式開始

我們常常會受到很多誘惑，但就要有自己的堅持，有許多習慣我是會每天堅持的，例如吃健康食物，不吃宵夜，做核心肌群運動、抬腿運動等。我會讓我這個人生教練，每天督促自己，提醒自己，只有這樣才會有這個美好的自己。如果覺得腦海裏提醒並不足夠，可嘗試寫一些提醒自己的字條甚至是寫日記，對建立積極心態十分有幫助。我會每天紀錄自己的變化：包括心情、體態、皮膚、工作、家人關係、朋友關係等，

讓我可以通過見到自己的改變而變得積極，如發現做得不夠好時，又會反思怎樣可以做得更好。這樣就可以讓自己每天都有成長。

有時我們會因為年紀漸長而認為自己做不來，但人生從來沒有太晚的開始，只有過多的遲疑，黑暗中有一枝蠟燭總比摸黑前進好。您這個人生教練就要多鼓勵自己，尤其是在遇上挫折和困難的時候，要以強大的內心和積極的思考來應對，讓自己保持良好的身心狀態。

5.4 珍惜每一個
相遇

到了最後這一節，可能大家會發現，我好像常常遇人不淑，從小到大，經歷了不少痛苦才走到今天。我不得不承認，我的成長是跟一般人不一樣，愛情路上的眼光也不算太夠，曾經歷過不少痛苦與悲傷。但直到現在，我還是感恩上天給我這些經歷，讓我成為現在的我。我仍然懷抱著愛人的心，勇敢而理性地去愛，珍惜生命中的每一個相遇。

> "
>
> 最快樂的人
> 不一定擁有最好的
> 他們只是珍惜人生道路上
> 遇到的每一個人和事
>
> "

人生每一個相遇，我都認真地面對，盼望著珍惜，那怕事後帶來不少傷害。因為每一次相遇，都可能會成為改變我人生的契機。遇到合適的人，固然令自己的人生更順遂更快樂；但如果遇上的是一個不合適的人，卻總能改變我人生的軌跡，給予我不少成長的機會，讓我更深刻地了解自己，更知道未來的方向。有時我們會覺得自己是繞遠路了，可能只是因為有些風景需要我們去看，回過頭會發現得著更多。您試想想過往的經歷，是否也有這樣的情況？

每一個相遇，能帶來不同的機遇。在創立 BEAUSKIN Medical 的時候，過去建立的關係已令我有不錯的起步，到漸上軌道，每個客戶都有自己的生活方式，有不同的想法，我細心聆聽他們的意見，他們也就成爲我最好的老師，讓我可以找到改變、發展的道路。公司成長的每一個轉捩點，可以說，都是相遇的成果。過去的相遇影響現在，未來的相遇無法預知，但只要我們把握現在每一個相遇，也就會成爲未來的機遇。

每一個相遇都是因緣。與每個人的相遇、交往，事先都不會知道往後怎樣發展，但結果卻常令我有驚喜，令我對冥冥中的緣份有更深的體會。

有些相遇或許是很短暫、稍縱即逝的，生命中充滿著這些過客。有時我們會誤以為過客不是過客，不小心投放了過多感情，但一旦看通了，就明白了我們不需為過客傷感，他們並不是您們生命中值得珍惜的人。一次又一次的相遇，能令我們更了解，哪些是更值得珍惜的關係。

> ❝
> 不重要的事，
> 不值得與重要的人計較；
> 重要的事，更不值得
> 與不重要的人計較。❞

珍惜每一個相遇，珍惜的含義，是不停留在表面的禮貌和微笑中，而是用心去交往，開放自己的心靈，真誠與對方建立更深的關係。當然，不是每一次用心都能得到真心的響應，但我不會失望，我知道未來會有更多美好的人和事在等著我，我會繼續努力，用行動來展現這個有勇氣的自己。

希望這本書，能成為我與您相遇的起點。

附錄

"

做個活得
精緻的女生

附錄

不少人會問到我的生活習慣，
這是我的生活方式，希望
能給大家一些啓發。

做個活得精緻的女生

1. 愛笑的女生最美

2. 每天堅持十一點前睡覺

3. 每天堅持運動半小時

4. 每天堅持 15 分鐘
   腹部核心運動

5. 每天堅持 15 分鐘抬腳運動

6. 每天靠牆站 30 分鐘，堅持
   一周後，您能看到效果

7. 多做拉筋申展運動

8. 飯後百步走

9. 走路不要駝背，挺直腰

10. 少吃糖，避免皮膚發炎

11. 多喝熱水、不喝冰水、
    不吃冷品

12. 多喝檸檬水，美容又養顏

13. 多吃水果蔬菜，少吃或不吃
    甜品和油炸食品

14. 堅持不吃宵夜 1 個月，幫您
    瘦身

15. 堅持用鼻呼吸

16. 用木梳每天梳頭 100 下，促
    進血液循環，頭髮會變亮澤

17. 好好修眉型

18. 不要關燈玩手機，會影響視力

19. 每天認真刷牙，保養牙齒

20. 睡前塗潤唇膏，嘟嘟唇離您
    不遠啦

21. 出門塗口紅

22. 出門塗防曬霜，或者帶
    遮陽傘

23. 一定要卸妝，必須徹底卸乾淨

24. 千萬不要用手擠黑頭及痘痘

25. 一周用一次去角質的產品

26. 每天泡腳，每週敷 2-3 次面膜

27. 女生的第二張臉是手，堅持
    經常塗手霜或保養雙手

28. 不要翹腿，屁股會變大

29. 洗澡後塗身體乳液，長期
    堅持肌膚光澤柔嫩

我 ‧ 由我定義

作 者：方鑠溦 Jathy

出 版：人間世文化

地 址：柴灣豐業街 12 號啓力工業中心 A 座 19 樓 9 室

電 話：（852）3620-3116

發 行：一代匯集

地 址：九龍大角咀塘尾道 64 號龍駒企業大廈 10 字樓 B 及 D 室

電 話：（852）2783-8102

印 刷：美雅印刷製本有限公司

初 版：2024 年 7 月

如有破損或裝訂錯誤，請寄回 BEAUSKIN Medical Group
Limited 更換。

ISBN：978-988-70482-1-3